설봉 아리랑

한명화 시집

시음사
시사랑음악사랑

한명화 시인

부여 출생
아호 : 설봉
대한문학세계 시 부문 등단
한국문인협회 정회원
(사)창작문학예술인협의회 회원
대한창작문예대학 졸업
문예창작지도자 자격증 취득
무용가, 시인, 시낭송가
국제설봉예술원 지도교수
설봉문학 발행인, 편집주간
설봉전국시낭송대회 심사위원

〈단체운영〉
국제설봉예술협회장
유경캠핑하우스 대표이사
국제설봉예술원장
설봉예술단장
설봉아름다운 사람들의 나눔이야기 대표
설봉촌 종합레저타운 대표

〈수상〉
2013 스포츠서울 혁신한국인 파워코리아 대상 / 레저문화 부문
2014 대한민국을 이끄는 혁신리더 대상/ 캠핑카 부문
2019 대한문학세계 신인문학상 / 시부문
2020 대한창작문예대학 졸업작품 경연대회 은상
2021 (사)창작문학예술인협의회 신춘문학상 동상
2021 짧은 시 짓기 전국 공모전 금상

시인의 말

꽃비가 쏟아지던 날의 수채화

야윈 모습으로 날리던 민들레의 아우성 등

전국의 자연 속에서 일을 많이 하는 직업 탓에

자연 속 풍경과 이야기들을 아주 많이 보게 되었다

처음엔 아름다움에 사진을 찍었고

그다음은

날짜와 그 느낌을 글로 표현했다

쌓여가는 글과 사진들을 보면서

어느 날 문득 뒤돌아보니

내 삶의 지나온 발자국들이 모여

영화 속 이야기처럼 그 속에 내가 있었다

그 필름 속에서 어린 시절의 자아를

찾아내고 문학의 세상에 한 발 더

이번엔 앞으로 걸어간다

내 시야에 펼쳐지는 독창적 무늬로

이제는 왜냐고 묻기보다는

보이는 눈빛 그대로

시와 춤, 자연을 노래할 것이다

시인 한명화

☆ 목차 ☆

☆ 목차 ☆

☆ 목차 ☆

QR코드 스마트폰으로 QR 코드를 스캔하면
시낭송, 노래를 감상할 수 있습니다

본문
시낭송
감상하기

제목 : 서울숲 하늘길 동행
시낭송 : 박순애

제목 : 나는 야누스 꿈으로 가는 길에
시낭송 : 박영애

제목 : 자화상
시낭송 : 박영애

제목 : 빛
시낭송 : 최명자

제목 : 길
시낭송 : 김락호

제목 : 봄비
한명화 작사 이종록 작곡

제목 : 겨울꽃
시낭송 : 박영애

제목 : 개망초
한명화 작사 이종록 작곡

제목 : 해장국
시낭송 : 박영애

제목 : 나를 찾아서
시낭송 : 박영애

제목 : 산책
시낭송 : 박영애

제목 : 산책
한명화 작사 이종록 작곡

제목 : 붉은 연꽃
시낭송 : 박영애

시인은 자연을 이야기하고 시낭송가는 자연을 품었다
글자는 날개를 달아 언어로 날고 소리는 자연에 눕는다

망원렌즈 속의 세상

예술제 공연 중
전국 사진 콘테스트에
유명 작가들이 모여들었다

빛을 모아주는 수정체
망원렌즈의 기술이
볼수록 신비롭다

조리개와 셔터 속도 속에
작가들은 선명도를 잡아나간다

멀리 있는 피사체 가까이 당겨서 찰각
아름다운 세상이 멈춰진 이미지로
곱게 다가온다

무용수의 고운 선의 춤사위가
빛과 함께 영원한 그림으로 그려져 간다

역병의 전쟁

유토피아를 꿈꾸는 21세기에
마야문명과 조선 시대의 역병을 조명한다.
마야문명은 천연두에 함락됐고
조선의 민초들을 역병에 쓰러져 갔다.

수 세기가 흐른 첨단 시대에
2억 년 전 잠에서 깬 바이러스가
죽음의 왕관을 쓰고
지구촌 거리를 활보한다.

민심이 흉흉한 도시는 술렁이고
마스크로 얼굴을 가린 시민들은
선진 의학의 백신을 기대하며
세균 박멸을 기다린다

불안과 공포가 휩쓰는 도시를
오염으로부터 구하기 위해 모여드는
백의의 천사를 찬양하며
하얀 평화가 오기를 간절히 기도한다.

회상

사무실 귀퉁이 웅크리고 있는
너의 흔적들이 묻어있는
소품들을 뒤로하고
길을 나섰다

벚꽃은 무리 지어
꽃비 흩날리고
길바닥에 떨어진 꽃잎 몇 잎이
나를 올려다본다

누워 있는 잎사귀들이
서녘 하늘에 걸려있던
핑크빛 노을을 닮았다

명치끝이 아려오는
옅은 너의 향기는
야속한 바람이 흔들어대도
가슴속으로 파고든다

날이 저물어 어둠이 내리자
불빛 속에 더욱 선명해지는 네 모습
가까이 가면 멀어지고
멀어지는가 싶으면
다가와 미소 짓는다.

어머니

백마강 강나루
갈잎의 노랫소리 따라가면
잊었던 옛이야기 도화지 화폭에
갈대 흔들려 부딪히는 날

어머니께서 사주신
꽃신 한 짝이 벗겨져
흘러 어디로 갔는지
어스름 석양 노을빛 맺혀 보이는
사십여 년 전의 기억이 보인다

갈대가 울어도
돌아가지 못하는 강기슭 노을
갈바람 노랫소리 묻혀
헤어져 닳아 가는
시간이 길게 흩어지고

긴 강줄기
목전에 차이는 나이에
차갑게 손짓하며 잊었던 일들이
잃어버린 세월 속
가두어 보이는
어머니로 보인다

닳아져 헤어지면
잊히지 싫은지
석양 노을 검게
백마강 물들이며
강기슭 목전 구름을
주름져 가린다

촛불 이제 타올라라

촛불이 일제히
타오를 때가 되었습니다

뿌리 약한 꽃들이
비바람에 흔들리고
센 바람에 저항하다
어둠을 밀어내지 못하고
죽어가지 않도록
이제는 촛불이 일제히
타오를 때가 되었습니다

창 너머로 보이는
원기둥 양초도
백두 산맥 깊은 산골의
어둠과 싸워내던 무향 초도
도심 한복판의 분위기 있는
형형색색의 미니 양초들도
더는 망설이지 말고 환하게
불을 밝힐 때가 되었습니다

그동안 희생하며 너무 많은 눈물을
흘리고 쓰러져갔나니
희미해지는 불빛이 꺼져
곧 암흑의 세상이 오지 않도록
이제는 모두 일어나
눈부시게 불꽃을
피워야 할 때가 되었습니다

서울숲 하늘길 동행

이 풍진세상을 같이 안아 올리고 싶었던
너를 떠나보내고
넘어질 때마다 그리웠던 너를
가슴에서 다시 만난 날
보이지 않는 손길이
내 마음을 어루만져 준다
따스하다
지독히도 추었던 몇 번의 겨울을 참고 견디니
오늘은 나를 꿈속으로 이끌어준다

나무들의 숨결이 커지는 저녁
이 바람은 어디서 왔다 어디로 가려는지…
저 멀리 희미하게 보이는 나무들이
다가오다 멈춰 서버린다

이 세상에 같이 머물지 않아도

기억만으로도 동행할 수 있음을 알려준 너

믿음의 의미를 알려준 너

꿈으로 가는 길을 확인시켜준 너

마지막 인사도 나누지 못하고 떠난

어제만 살던 너에게

오늘도 살고 있는 나는

그리움 한 줌씩 꺼내 던지며 예전에 없던 숲길에서

새로운 첫 하늘길을 열어 간다

어둠 속에서 아팠던 시간을

뒤로하고 걷는 나에게

나무들의 꾸부정한 허리 사이로

너는 환하게 웃음 짓는다

예전의 공치던 파이팅 소리도 들으며

저 숲 너머로 옛꿈을 데리고

한참을 거닐다 되돌아온다

가로등 불빛에 비추어진 빗방울이

유리알처럼 맑게 빛이 난다

제목 : 서울숲 하늘길 동행
시낭송 : 박순애
스마트폰으로 QR 코드를 스캔하면
시낭송을 감상할 수 있습니다

나는 야누스 꿈으로 가는 길에

작은 나무는
더욱 큰 그늘을 만들어낼 수 없음을 탄식하고
더 큰 나무가 되겠다고 아우성이다

짙게 다가오는 어둠을
다 삼켜내고 차지한 이 자리
대나무처럼 속을 비워내며
또 한 뼘을 하늘을 향해
오를 수 있을까

낮에는 전투사로
강렬한 한쪽의 얼굴이
또 저녁으로 얼굴을 돌리면
아주 낯선 얼굴이 있다

치자나무 잎 냄새가
짙은 순한 얼굴이다

높이 나는 새는
더욱 센 바람의 시련을
이겨내야 한다.

 제목 : 나는 야누스 꿈으로 가는 길에
시낭송 : 박영애
스마트폰으로 QR 코드를 스캔하면
시낭송을 감상할 수 있습니다

자화상

뛰어내리는 햇살 위에
시 한 송이 그리며 성장한 내가
적토마의 꿈을 안고 사업이라는 목걸이를
허리에 차고 달린다

높은 산 중턱에 올라서니
허허로운 가슴과 고독만이 부서져 있고
머리는 낮아지고 낮아져 바다에 도착
먼발치 노을을 이고 또다시
길 떠날 준비를 한다

삶의 전쟁터 야망의 덫에 걸려
사슴 같은 아이들 눈빛 다 놓치고
30년이 굴러간 사업의 밭에 서 있는 나는
훈장처럼 상처들이 남아 있다
새겨진 자리 외로움 켜켜이 쌓이고
잿빛 가슴에선 시가 싹이 튼다

사업과 예술을 완성할 부지에

봄 햇살 가득 담아 집을 만들고

자연과 시를 하나로 엮어

예술제 공연을 할 수 있는 종합레저타운 조감도를 그린다

아! 지칠 줄 모르는 나는 야생마

마지막 꿈의 정상에 깃발을 꽂기 위해

오늘도 사업과 문학을 위해 달린다

제목 : 자화상
시낭송 : 박영애
스마트폰으로 QR 코드를 스캔하면
시낭송을 감상할 수 있습니다

지금은 바이러스 전성시대

어느 날 형체도 없이 다가와
모두를 숨죽이게 한 공포가 없었다면
일상의 솟아오르는 태양이
그토록 경이롭지 않았으리

피바람 부는 컴컴한 밤이
발길을 묶지 않았다면
그 밝고 화사한 아침이
이토록 아름답지 않았으리

견딜 수 없는 고통과 시련이
모두에게 닥치지 않았으면
간절히 무릎 꿇고
기도하지 않았으리

우리에게 당신이라는 존재가
덮쳐오지 않았다면
일상의 행복과 감사의
의미도 몰랐으리니.

자식

엎드려 흐르는
강물의 빛과 같은 너
생의 변곡점 마다 희망을
놓지 않게 하는 힘의 원천

한마음 공장

공장 기계 돌아가는 소리보다
더 크게 함께 웃던
신바람 나던 그 마음

완성되어 가는 제품들
소품 디자인하며
퇴근일랑 잊어버리고
달 보고 나올 때까지
머리 맞대던 그 마음

출고하던 날
와인삼겹살파티 웃음 뒤에
기쁨과 섭섭함 공유하던 그 마음

판매 설치한 현장 찾아가
가던 길 우연히 들렀다며
주인 안 볼 때 재회하듯
먼지 닦고
또 닦아 주던 그 마음

문경 오미자

완만하게 어우러진 산골짝
김룡사 가는 길
가을 오미자

곱디고운 빛깔 뉘라서 들였을까
낮으론 해님의 덕인 양
밤으론 달님의 덕인 양
아서라
가을 기다린 수줍음 탓이었네

황홀한 연지빛
곤지로 내려앉듯
백색꽃 피고 꽃턱도 자라
그 붉음을 뽐내나니

발그레 달아오른
새악시 볼
바로, 그댈세

빛

슬픔이 바람에 흔들리던 날
꽃잎의 향기가 코끝을 스치는 강가에
조그만 오두막집 한 채를 짓는다
희살 놓는 바람에도
상처로 옹이 박힌 뿌리처럼
흙을 꼭 움켜쥐고 버티고 있다
유산으로 물려받은 근골로
푸른 그늘을 만들어주는
청솔들을 마주 보고 서서
식어가는 가슴에 희망의 불을 붙이고
저녁에는 하나둘씩 별을 불러 모아
야생마처럼 꿈을 향해 거침없이 달린다

제목 : 빛
시낭송 : 최명자
스마트폰으로 QR 코드를 스캔하면
시낭송을 감상할 수 있습니다

삼각관계

나비는 꽃이 좋아
날갯짓하고 날아들고

꽃은 바람이 좋아
가까이만 오면
꽃대를 흔들고 반긴다.

내 삶의 여백에 핀 꽃

고층 빌딩을 벗어나
자동차로 두 시간을 달려
자연 속 캠핑장에 도착했다
가슴이 열리고 마음이 붕붕 뜬다

맑은 하늘을 마주 보고 누우니
새들은 날아다니고
나무들은 한들한들 춤을 춘다

산딸나무의 넓은 진초록 잎사귀에
햇살이 껑충 뛰어내리고
부드러운 바람도 슬며시 그 위로 끼어든다

제멋대로 공중에 길을 만들어
나는 새들을 눈 감고 따라다니다
잠시 고개를 돌리니
불쑥 올라온 들꽃이 눈인사한다

힘겨운 인생길

나의 삶의 여백 공간인

카라반 파크 유경 캠핑장에서

자연은 오늘도 지친 마음을 달래주고

꽃물 들이며 상처를 치유해 준다.

구월의 정원

가을바람 비틀거리며
산자락 넘어갈 때
길섶 모퉁이에 삐죽
얼굴 내민 연분홍색 구절초,
안부 전한다

한들한들 코스모스
춤사위에
왕고들빼기꽃
가슴에 빗장을 열어둔 채
함께 웃음 짓는다

시린 햇살 아래
쑥부쟁이 벌개미취
가을 들꽃 향기에 흠뻑 취한
코끝을 대신해 나의 눈길
꽃잎에 너그러이 앉는 구월

보고 싶은 얼굴

민들레꽃씨로 영글고

가을볕에 한껏 달아오른

옹기 독의 뜨거움처럼

그렇게 그리움도 익어간다.

그대 그리운 날이면

십이월이 그렁그렁하더니
기어이 눈이 내렸다

저 멀리 큰 산이 내게 기대며
다가오고 있다
쏟아져 내리는 하늘
그 회색빛 그림 속으로
나는 들어와 있었다
포근하다

차가운 날씨와 다르게
포근하게 느껴지는 건
어디선가 불어오는
향긋한 사랑의 향에 취해서 일게다

달빛 휘어진 밤 하얀 바람결에
눈꽃들이 춤을 추고
슬픔의 이슬방울 맺혀 글썽이면
그 위로 그리움의 눈물이
토닥이며 위로해준다

오늘처럼 당신 몹시 그리운 밤이면
달과 나무가 만나 이야기하다
밤을 헤메인다.

길

꿈꾸듯 길을 나섭니다
사업은 마른 손수건의 물을 짜내는 일이라 하고
예술은 없는 길을 걸어가는 길이라 합니다
종종대고 나서지만
때로는 느리게 걷고 때로는
제자리걸음 하고 있을 때도 있습니다

안 보이는 길을 간다고
이 길을 믿지 않는 이들의 따가운 시선이
이따금 등 뒤에서 느껴집니다
정말 힘이 들 때는
내려놓아야 되나
꿈 밖에서 서성거리기도 합니다

그러다가도 나도 모르게
마음을 바꿔 흐르는 강물처럼
빛을 내며 갑니다
거센 바람 불고 눈보라 쳐도
한결같은 그 걸음이 멈춰지질 않습니다

내가 나를 찾아 가는 길
예전의 그가 찾아 나섰다가
돌아간 길입니다

꽃피는 소리를 듣지 못해도
꽃 피고 지는 것을 굳게 믿듯이
흙먼지 날리고 좁다란 이 길이
내게는 최고의 행복한 길임을 믿고 갑니다.

제목 : 길
시낭송 : 김락호
스마트폰으로 QR 코드를 스캔하면
시낭송을 감상할 수 있습니다

봄비

후둑 후둑 후두둑
봄이 오는 소리가
빗소리에 묻혀 온다
정원과 산에 들에 꽃이 피는데
그대는 아직도 꿈을 꾸시나
제비꽃 나 보고 옅은 미소 보내고
금낭화도 반갑다고 윙크하는데
연둣빛 세상 구경 나서 볼까나
매화꽃 활짝 핀 나무 아래에
길게 드러누운 내 그림자
마음은 벌써 나무 꼭대기에 올라가 있다.

봄 비

한명화 작사
이종록 작곡

후둑 — 후둑 — 후두둑 — 봄이 오 는소리가 — 빗소 리에

묻혀온 — 다 — 정원 과 산에들에 — 꽃이 피 는 —

데 그 대 는아직도 — 꿈을꾸 시 나

마 음 은 나 무 꼭 대 기 로   ― 기 어 올 라 볼 까 나 ―

제목 : 봄비
한명화 작사 이종록 작곡
스마트폰으로 QR 코드를 스캔하면
노래를 감상할 수 있습니다

겨울꽃

700고지 한국의 알프스라는 대관령
이곳에 오면 저 멀리 풍력기를 함께 보던
그대가 보인다
그대만큼 크게 웃던 이를 본 적이 없다
그대만큼 희망의 노래로 밤을
지새우는 이를 본 적이 없다

나뭇가지 사이로 그리움의 바람 스치면
산딸나무 꽃처럼 수줍어하던
고운 그대 보인다

오늘은 그 빈 나뭇가지에 주렁주렁
수만 개의 눈꽃이 피었다
맑은 햇살 아래 새하얀 꽃들이
눈부신 별을 되쏘아 올리며
다이아몬드 빛을 내고 있다
내 마음도 함께 매달려 있다

따사로운 햇살 차가운 바람이
외투 속으로 스며든다
바람은 보이지 않으나
떠나간 그대는 저 멀리 보인다

꽃이 진다는 건
이별이 아닌 또 다른 만남
새싹 돋을 봄날이 가까워지고 있으면 이거늘
이 눈꽃 지면 행여
다시 돌아올 수 없는 그대
만날 수 있으려나
맑은 기운 가득한 겨울 향기에 취해
햇살 받아 유리알처럼 반짝이는
얼음꽃에서 그대를 만나는 아침이다.

제목 : 겨울꽃
시낭송 : 박영애
스마트폰으로 QR 코드를 스캔하면
시낭송을 감상할 수 있습니다

푸른 바다 월포

그가 전부를 걸고 완성하던 조각이
파편 튀듯 부서져 내린 저 푸른 바다

혼자 초점 없이 수평선을 바라보노라면
보고 싶었다는 생각마저도 화석처럼 굳어버려
그리움만 바닷속으로 떨어집니다

그동안의 묻고 싶은 안부와
전하고 싶은 위로가 순서 없이 엉켜 터져버린
눈물이 단절되었던 그동안의 모든 시간들과 함께
바닷물에 잠긴 마른 소금자루처럼 녹아져 내립니다

하얗게 깨어지며 녹아내리는 시간이
그동안 아팠던 시간에 비하면 순간이지만
오늘도 월포의 바다에서는
파도와 가까이서 인사를 나누면
모든 걸 잃어버린 당신의 눈물로
하얗게 소금이 꽃이 되어 부서져 내립니다.

이슬

잇은 줄 알았던
기억들이

방울 속에서
날 들여다보고 있다

뚝 떨어지면
너 잊혀질까

자연을 노래하다

아침 빼꼼히 눈을 뜨자 카라반 창문 너머
새들이 날아가고 나뭇잎들이
흔들며 눈인사한다
한 뼘 안팎 안과 밖
이중 창문 사이 다른 세상이다

살며시 눈감고 유리창 저쪽 빈터에
산딸나무를 심고 나무 위에 앉은
새들의 노랫소리도 들어본다

밤에는 별들이 내려와 놀다 갔을까
자그맣고 하얀 산딸나무 꽃이
별을 닮았다

내 가슴에도 먹구름 사이로
별 하나 떠 있다
그렇게도 잊으려 하고
잊은 줄 알았던 기억들이
나를 들여다보고 있다

헐렁한 티셔츠 걸쳐 입고 산책길에 나섰다
마음이 풋풋하게 부푼다
강물이 엎드려 흐른다
그 위로 낙엽 한 장 반짝이며 떠내려간다

산모퉁이 돌고 돌아 휘어진 길을
멀리 두고 저만큼 멈춰 섰다
비바람과 눈보라 넘어
새 얼굴로 다가오는 그 길을
희망이라고 불러도 될까

개망초

마주치는 뉘라도
마구 웃어주는 꽃
앞만 보고 걸을 때 못 보던 그 꽃이
터벅터벅 걷던 날
내게 다가왔습니다

바람 한 줌에도
가볍게 흔들린다고
쉬 지나쳤던 걸까요

알고 보면 비바람 견뎌 내며
기죽지 않고 처음부터
그 자리이었을진데
눈길도 주지 않다가 오늘 마주쳤습니다

길옆 유독 많이 피어 있는 꽃

또 누군가 기다리며

하얗게 웃고 있습니다

봐주는 이 없어도 그 흔한 웃음 보이는 것은

망초꽃이라고 하는 그의 그늘 숨기려 하지만

웃고 있어도 초여름 꽃 피고 말라 죽는

슬픈 계란 꽃입니다.

개망초

한명화 작사
이종록 작곡

마 주 치 는 뉘 라 도　마 구 웃 어 주 는 꽃　　앞 만 보 구 걸 울 때

못 보 던 그 꽃 이 —　터 벅 터 벅 걷 던 날 —　내 게 다 가

왔 습 니 — 다　　　바 람 한 줌 에 — 도

48

가볍게흔들린다고 쉬─지 나쳤던걸─까─요

mp *mf*

알고보면비바람 견뎌내며 ─ 기죽지않─고

mf

처음부터그자리 피었을진─데 ─ 눈길도주지

f

않다가 ─오늘마 주쳤습니─다 ─

만　　　　못고있어도　　　초여름꽃피고

— 밀라죽는슬픈계란꽃 — 입니다

제목 : 개망초
한명화 작사 이종록 작곡
스마트폰으로 QR 코드를 스캔하면
노래를 감상할 수 있습니다

해장국

다슬기 다글다글
금천강가 구르던 이야기들을
팔팔 끓는 물에 한 움큼 우려내고
녹색빛 국물에 부추 숭숭
뚝배기 한 사발

간밤의 대작(對酌)으로 세상 멸균하며
세상살이 고달픔을 목청 높여 의기투합한
그 기억들을 풀어낸다

오래전 어느 날을 쏙 빼다 박은 듯한
오늘의 아침은
아직도 비워내지 못한
미련의 속쓰림일까

왠지 어머니가 챙겨주시던
조촐한 밥상과 거친 손마디가
오늘따라 그리운 날이다

모락모락 피어나는 하얀 김 사이로

밤새 눌어붙은 딱지들이

뜨끈한 국물의 간을 맞춘다.

제목 : 해장국
시낭송 : 박영애
스마트폰으로 QR 코드를 스캔하면
시낭송을 감상할 수 있습니다

깃발

그제는 보성 계곡 옆 잘 보이는 곳에
또 하나를 꽂았습니다
좋아라 보구 또 보구
어둠이 내려와 안 보일 때까지
머물다 왔습니다

오늘 또 내 머리 꼭대기에
나부끼는 깃발을 매달고
보폭 조절하며 갑니다
원하는 방향으로 깃발이 나부끼도록
가고 싶은 쪽으로만 가겠다고
완강한 걸음으로 나아갑니다

저 멀리 갈 수 없는 길이

가물거릴 때에도 그 길 지나고

다른 길이 아무리 끌어당겨도

오직 내 깃발만 좇아 갑니다

낭떠러지 떨어질지 모르는 길도 지나고

또 다가오는 그 길이

모든 걸 잃어버릴 수도 있는 길일지라도

흔들림 없이 그대로 나아갑니다

누가 뭐래도 결코 내리지 않는

오래된 깃발 하나

더 높이 솟구쳐 오르게 꽂고

센 바람 가르며 갑니다

날이면 날마다 떠받들며

외길을 트면서 닦으면서 갑니다.

코발트빛 그리움

어느 날 우리
서로의 눈빛을 볼 수 있는
그 순간이 온다면 그때 우리
흔들림 없이 마주할 수 있었으면 좋겠다

그저 스치는 바람에게도
따뜻한 안부를 묻고
흘러가는 구름 뒤에서도 눈감으면
추억 속 순간들이
온 하늘에 수를 놓았었다

우리 얼마만큼 흔들리고
강물처럼 세월 흘러야
서로 손 맞닿을 수 있을까

새들의 지저귐과 인적 끊긴 깊은 산
야생화의 미소로 외로움은 맑게 씻어내고
그리움이 있어 이제 내 청춘의 시계
힘차게 돌기 시작한다

산길

바람결에 앙상한
나뭇가지들이 흔들린다
어둠은 두터워지고
산새 몇 마리 나란히 앉아 지저귀며
집 찾아갈 준비 하고 있다
이 길을 가다 보면
새로운 길을 또 만나겠지
너 위하다
내가 따뜻해지고
우리가 하나로 어우러지는
그 길이 열리고 있는 지금
저 멀리 희미하게 보이는 희망의 불빛 따라
가혹한 비상을 꿈꾸며
어두워져 가는 비탈길을
더듬어 먼 길을 간다.

코스모스

여린 잎의 꽃으로 서 있었을 때
바람이 자꾸 추근 되어
꽃대를 점점 더
도도하게 쳐들었더니

꽃잎 지고
앙상한 꽃대만 남았을 때 알았네
뉘에게나
한결같이 불던 바람이었다는 것을.

고향

그림자로 비친 못 속에 감꽃이
시간이 갈수록 그리워지는 게
너 때문이라는 걸 난,
떠나온 뒤 알았네

저녁녘 연기 피워 울려 밥 짓는 굴뚝들과
송홧가루 묻은 바람이
쉬어 가는 산골 마을
꿈속에서 보았네

부르기만 해도 눈물이 나는
어머니의 목소리
귀 열고 듣던 고구마꽃 나팔소리
힘이 들 때 들었네

왕벚꽃 연분홍 꽃잎 흩날리는 봄
외딴집 마당가에
호두나무 별빛 현을 켜는 날
나 기다리는 네게로
이제 먼 길 돌아가려 하네.

첫눈 오던 날

신기도 하여라
그날엔 네 생각이 살아나고
추억들은 새순처럼 자라나더라

그날엔
잊었던 사람들의
전화번호가 떠오르고
바삐 가던 시계도
날 위해 더디 가더라

그날은
온 세상이 차별 없이
흰옷을 입은 날
행여나 하는 마음에
발자국 남기고 간다.

나를 찾아서

내 안에는 또 다른 내가 있다
파리한 꽃잎처럼 여리기도 하고
이집트 신화 속 불사조처럼 강하다

온갖 생각이 머릿속에 떠돌아
마음을 흔들어 대는 바람에
'나'는 진정 누구냐고 묻는다

허공에 온갖 생각을 풀어
요요처럼 던져 풀기도 감기도 하며
'나'의 어떤 모습이 진짜냐고 묻는다

'나'를 찾아 생각의 술 한잔 기울이며
분홍빛 술이 주는 또 다른 '나'를 찾아
현상적 자아가 본질적 자아를 찾는다

 제목 : 나를 찾아서
시낭송 : 박영애
스마트폰으로 QR 코드를 스캔하면
시낭송을 감상할 수 있습니다

아버지의 선물

긴 목을 빼고 기다렸지

이박 삼일 지방으로 낚시 다녀오시는
당신의 모습은 언제나처럼
흰 구두에 검은 선글라스를 끼고
멀리 다가오고 있는 한 신사의 모습이
내 눈에 들어왔어

그날 밤이었지
나무들에 가슴이 두근거리는 밤이었어
초승 달빛이 누마루 창문 가까이 다가와
인사를 나누면 당신의 고락을
즐기는 배뱅이굿 레코드판은 끝없이 돌아갔어

별들은 무수히 쏟아져 내렸지
낮은 곳에서 땀 흘려 일하는 사람들의 피로가
비늘처럼 일어나면
아버지는 당신 좋아하는 술 한 잔 건네며
애틋한 별빛을 담아 위로해 주었어

그렇게 사십여 년이 흐르고 알았지
육 남매 중 내가 아버지를 닮았어
한량인 당신의 유전자를 좋아하고
따라가는 나는 아버지 딸
춤을 추고 글을 쓰는
가슴 뜨거운 한량이었어.

별들 총총 깜빡이는 밤
지상을 향해 별 한 바구니 뿌려집니다

푸른 밤길을 달리던
홀로 별들은 신이 나서
떡갈나무와 독야청청 소나무 잠 깨워
하얀 별빛 현을 켭니다

시 "설봉촌 별빛 소나타" 중에서

변곡점

풀들은 밤길 걸어 어디로 갈까
손에 손에 등불 켜고
아침 맞으러 가는
세상 풀들을 따라가다 보니
어릴 적 놀던 글꽃마을이다
이제 공기의 푸른 어깨를 툭툭 치며
새가 되어 선명한 공중을 날아오르자

산책

네가 보고픈 날

바람의 손을 잡고 나섭니다

그리움이 바람 따라 흔들립니다

문득 가던 길 멈추고

햇볕이 잘 드는 숲

가장자리 돌 많은 비탈

덩굴 우거진 나무 앞에 멈춰 섭니다

수줍은 듯 겸손하게

아래로 핀 꽃에서 맑고 싱그러운

그대의 향기가 느껴집니다

되고 싶은 꽃을 고를 수 있다면

오미자꽃이 되었으면 합니다

하늘을 보지 않고 그대처럼 숙이며

아래로 보며 피는 꽃

모든 것들은 한번 가면

다시 돌아오지 않는데

하얗게 소복이 핀 꽃 속에서

기억 저편의 길이 되돌아옵니다

제목 : 산책
시낭송 : 박영애
스마트폰으로 QR 코드를 스캔하면
시낭송을 감상할 수 있습니다

산 책

한명화 작사
이종록 작곡

네가보 고 른 날 바람의 손을잡고 나―섰니 다

그리움 이바람 따라흔들립니 다

문 득 가면길멈추 고 햇볕이잘드는 숲―

3

오 미 자 꽃 이 되었으면 합 니 다 ― 오늘을보지

않―고 그 대 처 럼 숙 이 며 아 래 로 보 메 피 는

꽃 모 든 것 들 은 ― 한 번 가 면 다 시 돌 아 오 지 않 는

데 하 얗 게 소 복 히 ―핀―꽃 속 에 서 기 억

4

서 편의 길 이   되돌아옵 — 니 — 다

accel.

rit.et dim

mp

제목 : 산책
한명화 작사 이종록 작곡
스마트폰으로 QR 코드를 스캔하면
노래를 감상할 수 있습니다

무궁화 염원

만주로 향기 날리던 민족의 꽃
선택 없는 자리 선 그어져도
꽃 피고 진 세월이 칠십 년
하늘을 떠받치고 있다.

진달래꽃

꽃잎 여리다고 말하지 마라
이 꽃잎 한 장이면
추억할 기억이 얼마인가

볼모산 장유계곡 산자락
너랑 보던 봄의 핑크빛 점령
그 눈부심이 얼마인가

꽃잎 한 장으로
잊히지 않을 사랑
꽃 피어 쏟아져 내릴
깊은 그 사랑은 또 얼마인가

생각해보면 너를 만나
불꽃처럼 타던 나였으나
이렇게 꽃 활짝 핀 날이면
상실감과 그리움에 잠 못 들고
나무 위에 노 저어 내리는 달빛만
내 마음 휘어지도록 끌어안는다

붉은 연꽃

이토록 붉게
세상을 데워주지 않았더라면
시퍼런 입술로 침묵으로 바들거렸으리라

진흙밭 어두움을 밝히는 심장과
십이중생 지고 온 인내로 쓰다듬으며
붉은 봉우리가 솟아오른다

낮은 곳에서 올라와
불 밝히는 네 덕분에
꺼져가는 희망의 신호등을 켜주고
겸손으로 우아한 고백을 한다

제목 : 붉은 연꽃
시낭송 : 박영애
스마트폰으로 QR 코드를 스캔하면
시낭송을 감상할 수 있습니다

가을 사랑

그대와 가을 언저리 이곳까지
오래 걸었습니다

이른 봄
단비가 속삭이던 날
만개하는 들꽃 사이 가슴은 물들어
선홍빛이었습니다

오래 걸었습니다
여기까지

나는 은밀하게
풍경 속에 있습니다

온산도 들도
그리움을 벗는 지금
앙상한 무릇 어깨 위로
나직나직 말을 건네던
그대 마음만 기억합니다

별이 되고 싶다

우리나라의 전국의 금싸라기 토지는
로열패밀리들이 다 점령하였고
그들의 세상 속에서 제조도 유통도
새까맣게 물결처럼 줄 서서 움직인다

가난은 너무 깊어서
눈물로도 끝이 보이지 않는다

겨우 희미하게 숨 붙어 호흡하며
그들과 한선에서 달리려 했던
젊은 날도 많았다

거친 숨만큼이나 부딪치는 벽
힘겹게 다시 살아났던 저녁을 지나
다시 일상으로 돌아오기를 수백 번이다

지금의 나는 내가 가진 열정 그 하나까지
꺼지기 기다린다면
살아있는 나의 시간은
금빛 모래가 검은 무덤이 되어
끔벅이는 눈짓으로
슬픔의 눈물을 지을 것이다

가난으로 밤마다 모아놓은 눈물로
밤들을 앓고 사는 불빛 없는 사람들을 위해
약한 불빛 따라가는 나는
스스로 별이 되고 싶다

봄의 시계가 자연 속에서 돌아가면

계절이 바뀔 때는
사계절을 알려 주는
자연의 시계가 바삐 돌아간다

봄의 전령사인가
눈보라 속 동백꽃
초침 따라 돌아간다

새 생명이
일어나는 소리
광대나물 방긋 올라온다

추위에 웅크렸던
길 건너 수선화
분침 따라 돌아간다

저 너머 백 매화
가지마다 봄꽃이 펑펑
튀밥 터지듯 손 흔들며 인사한다

아! 지금인 줄 어찌 알았을까

봄의 시계가

봄볕 따라 빙빙 돌아간다.

오월의 수양버들

움츠린 어깨를 두드려주는
안 보이는 바람이 너무나 부드럽다
머리를 풀어 헤친 수양버들이
까치발 딛고 흔들거린다

그 아래 연둣빛 풀들이
이마를 내밀고
봄을 지나가는 햇살이 말갛게
반짝 빛이 난다

수양버들이 흔들거리며 손짓하는
길을 따라가자
봄풀 무성한 들판이 나오고
둥실대는 구름이 나온다

이슬이 매달리던 어느 아침을 지나
저 앞에 가로막힌 실개천을 지나
가까스로 봄 향기가 닿는다

닿을 듯 닿을 듯 흔들리는
수면의 물무늬를 닮은 잎들이
허공을 놓은 바람 아래로
깊게 잠영하고 있다

사월의 전쟁

눈을 감고 듣던 빗소리 그치고
유리창 너머 바라보고 있으면
나무들이 다가오고 산이 가까워진다

공허한 마음에 새들을 부르고
젖은 잎들을 끌어당겨본다

창은 투명한 벽이므로
안쪽과 바깥쪽을 다른 세상으로 갈라놓았다

분리된 안팎을 넘나들다 지쳐
온 힘을 다해 날아본다

여기까지 온 내 발자국들이
하나둘씩 일어나며 빗물에 젖는다

설봉촌의 여름

푸른 잎들이 더욱 짙어지는
능선의 여름은
절창이다

운무 휘돌아 숨을 쉬고
푸른 잔디 올망졸망 키재기 한다

문을 열고
풍경을 서재로 들였다

울울창창 펼쳐지는 생각들로
푸른빛의 기억을 차마 놓지 못한다

설봉촌 별빛 소나타

별들 총총 깜빡이는 밤
지상을 향해 별 한 바구니 뿌려집니다

푸른 밤길을 달리던
홀로 별들은 신이 나서
떡갈나무와 독야청청 소나무 잠 깨워
하얀 별빛 현을 켭니다

잔잔한 바람은 신이 나서 춤을 추고
화왕산을 둘러싸고 선율을 실어 나릅니다

어느덧 작아지는 연주 소리에
나는 꿈결인 듯 젖어 스르르 잠이 듭니다

비가

살 떨리던 격정의 시간을 지나
눈을 감아도 흔들리는 긴 어둠 속

이별의 아픔은 필생의 몸부림으로
미소로 승화된다

수천 번의 날갯짓과 안간힘으로
버티다 떠밀려온 가을
어긋난 인연은
과연 슬픔으로 진화하는가

낙엽들이 격정의 몸짓으로
메마르며 소멸하고 있다
그리움 한 조각 걸려
아프다

희망가

그대 받으시오
환한 달빛 가득 채워드리리이다

안갯속으로 스러진 희미한 불빛
눈을 뜨면 되돌아 나와 옥빛 하늘의 빛으로
끌어당겨주는 게 삶이라오

그대 받으시오
넘실넘실 채워드리리이다

폭풍이 몰아치면
불빛도 흔들리련마는
검은 폭풍은 새벽이 오면
무릎 꿇는 게 인생이라오

가을연가

마당을 걷다 보니
어느새
청 단풍잎 흔들리고
풀벌레들의 노랫소리
찌르 찌르 찌르르

여름을 보내는 아쉬움일까
가을과의 만남의 인사일까
스산한 갈바람 가슴을 적시네

옷깃으로 파고드는 찬바람에
질기고 서럽던 기억들은 사무치고
가을은 깊어간다

꿈을 풀어놓기는
아직 이른 이 가을이
눈물겹도록 아름답기만 하다

동해의 일출

동해 푸른 바다
집채만 한 파도를 타고 놀다
검은 밤 깊어져 저 큰 바다를
온몸에 품어본다

어쩌다 저 바다는
청순한 얼굴 하나
쑥 밀어 올렸을까

밀려오고 가는
바다의 시간에 흔들리다
부서져 내리는 빛의 환희에
기쁨으로 멈추어선다

옛사랑

그대가 있어
봄의 소박한 목련꽃 미소를
볼 수도 있고

여름의 쏟아지는 장맛비에
흩날림을 느낄 수도 있고

가을의 귓가에서 멀어지는
쇠박새 슬픈 노래도 들을 수 있고

겨울의 새도 날지 않는 추운 날
갈대 꽃술에도 송이송이
하얗게 내리는 눈도 볼 수 있다네

오늘은
가는잎조팝나무 짧은 시를 노래하며
옛사랑은 꿈결 속을 다녀가려나

실패의 벽

높은 절벽 아래로
처음 떨어졌을 때
얼마나 두려웠던가

그 해
그다음 해 봄을 놓치고 난 후에야
애 터지게 절벽 위를 기어오른다

이벽을 넘지 못하면
다시 돌아갈 수 없는 인생이라
그리운 이 얼굴 앞세워
억척으로 매달려 가파르게 올라간다

미끄러지면 다시 오를 수 없는 벽
머뭇거릴 틈 있는가

부서지고 깨지고
온몸을 던지고 정신을 집중한다

이 벽만 넘어서면
이 고통은 새로운 길의
힘이 될 거라고 위로하며
어둑한 저녁 멈추지 못하고
기를 쓰며 밀어붙인다

기다림

하루 종일
가을비가 내렸다

하루 내내
네 생각을 앓았다

그 비 그치고
앞산이 붉어졌다

나는 단풍에 취해
그리움에 취해 빨갛게
물이 들었다

비

바람 불어 창을 흔드니
후드득 쏟아져 내린다
오랫동안 기다리던 그대를
마주보고
나도 그대 돼서 젖는데
부딪치는 소리 귀 기울이고
비속에 잠기면
걸어온 발자국들이 일어나
되돌아간다

야생화

매일 걷던 캠핑장 모퉁이
조명등 아래
야생화 활짝 피었네

매일 걷던 야영장 데크 옆
어제 못 본 꽃
들깨풀 활짝 피었네

나비 같은 내 마음
살포시 내려앉아 쉬어 가네

캠핑장의 하모니

장작이 타들어가는 소리
숯불 바비큐 익는 소리
사람들의 웃음소리
아이들의 뛰노는 소리
풀벌레 날아다니는 소리
핑크빛 노을 미소 짓는 소리
와인 따르는 소리
모락모락 연기 나는 소리
별이 총총 내려와 인사하는 소리
산딸나무 숨 쉬는 소리
꿈들이 나폴나폴 날아다니는 소리
찰칵 렌즈에 담아 전송하는 소리
달그락 설거지하는 소리
까맣게 어둠이 내리는 소리

이제 모두 잠재우는
나의 호루라기 소리

목련

꿈결인 듯
내게 왔다

꽃봉오리를 내밀며
가는 비 내리던 날
내게로 왔다

못 견디게 그리움으로
햇살처럼 눈부시게
내게로 왔다

 초록 풀잎은 올라오고
말갛게 유영하는 흰구름이
손을 흔들어 인사한다

동행

함께 울었지
어두움 몰아세우며
우리는 보폭 맞추어 달렸어

넘어지고 깨지며
사연들 쌓고 또 쌓았지

함께 웃었지
고비고비 넘어서는 날
우리는 쪽빛 하늘 아래
노래를 불렀지

험한 세상을 품어내기로
우리는 약속했지

허공에 매달린 눈물
시련은 떼어내고 핑크빛
성공의 깃발을 반드시 꽂으리

산다는 것에 대하여

산다는 것은
그늘도 없는 허허벌판에서
형상 없는 실체를
만들어내는 것이다

산다는 것은
꽃그늘 아래
파릇파릇 돋아나는 초록이
갈색으로 물들어가는 것이다

산다는 것은
주변을 돌아보며
눈물 한 방울 삼켜 주는 일이다

산다는 것은
속을 다 비워낼 때
고통 위에 꽃이 피고
환해지는 일이다

선고

생과 사를 넘나드는 순간
그대는 삶의 어떤 과속 카메라에
잡혀 여기 서 있는가

창백해진 얼굴
두려움의 눈빛은
초점이 흔들리고

판결문을 들은 후
마지막으로 불러야 할
가족의 연락처도 그는 기억하지 못한다

그대여
이 결론이 진정 맞기는 한가
구형에 대한 변론을 원 없이 해보기는 하셨는가

바르르 떨던 심장이 멈춰가는 찰나이다

단풍잎에게

그동안 어쩌다 붉어졌냐고
묻지 않을게
우리 친구 하자

왜 헤프게 한들거리며 미소 짓냐고
화내지 않을게
우리 다시 친구 하자

그동안 포개어온 우리들의 이야기
실바람은 알고 있겠지

고구마 몸통에서
새 순이 돋아나듯

저 아득한 창공을 향해
함께 손잡고
겨울이 오기 전
우리도 푸른 꿈을 꾸자

치유

레저타운 대형 수영장 옆
흐르는 산 물에
두 발을 담근다

떨어지는 물소리에
가슴 한 편의
막혔던 옹이들을 날려 보낸다

맑은 물에 먼저 씻은
낙엽들과 풀벌레가
실눈 뜨며 나를 바라본다

그중 연갈색 나뭇잎은
물이 여기까지 내려온
이야기들을 아는지
바닥에 납작 엎드려 있다

모두가 숨을 쉬는
청량한 시간이다

꿈의 길

직립을 꿈꾸는 세상에서
힘에 겨워 눈물이 날 때는
저 앞에 마주 보이는
푸른 하늘 자락을 와락 끌어안는다

수 천 번 넘어지며
직립을 익혀가다가
고통이 밀려오면
구겨져가는 구름 조각들을
펼쳐가며 간다

그러다 어느 날인가
풀잎 사이 흩어지는 이슬을 지나
눈부신 햇살이 나를 깨우면

가난한 사업가의 꿈의 높이는
한 움큼 올라오고
시선은 더 멀리 응시한다

흰나비 날다

내가 정해놓은 길을 따라
나는 나른다

뒷날개에 힘을 주어
현란함으로
속도도 정하고
방향도 자유롭게 비행한다

박하꽃의 어깨에 살포시 앉기도 하고
부처꽃의 허리에 기대어 쉬기도 한다

기분 좋으면 지그재그로
접었다 폈다 마음의 표현도 한다

나는 누구를 찾아 가는가

깊어가는 가을
거대한 공기 속의 꽃길 따라
우아하게 부채질을 하며 들어간다

인연

매일 오고 가는
움직이는 점들이 모여
나로부터 살아있는 선이다

오래가기도 하고
짧게 끊어지기도 하는
수많은 줄이 연결되어 있는
우주의 신비이다

소리 없이 다가온
천사 같은 고운 줄과
달콤하게 다가선 악인들의
화려한 색의 줄까지
엮이고 또 엮여
휘 쉬지 않고 돌아간다

검은 줄의 운율에 맞춰
춤을 추다
와인 한 잔에 입을 맞추면
돌아가던 줄들이 멈춰버리는
마법에 빠지기도 한다

세월 속에서 찾아낸 해법으로
줄의 빛을 읽어낼 즈음이면
쥐었던 모든 줄을
손 활짝 펴고 놓아버리는
천상에서 내려주신 선물이다

꽃무릇

보고 싶은 그대인가
가던 길 뒤돌아서니
붉은 꽃
목을 빼고 서 있습니다

차오르는 설움에 살며시
눈을 감습니다

가을 들녘을 헤매던
그리움들이
나직한 목소리로
위로를 건넵니다

고독의 섬

이 세상 속에 혼자라고 느껴졌을 때
그제야 비로소 보이는
실존적인 자신의 모습이 있다

세상 속에서 지독한 외로움이 밀려올 때
그때 알게 되는 것은
이기와 교만의 자신이 모습이 있다

살아내면서 절박하고 힘들 때
알게 되는 것은
가족의 사랑에 작아지는 나 자신이 있다

삶은 고독이라는 섬에서
결국은 벗어나지 못하고
낮아지고 비워가는 외로운 항해이다

천 평의 설봉촌에는

아침에 눈을 뜨면
창 너머의 풍광이 바뀌고
야생화 꽃들은 미소로 인사합니다

낮에는 수영장에 파란 하늘이 가득 들어오고
자연 속에 잔디, 나무, 새들의 하루 일정이 분주합니다

소나무 옆 장독대에는 장이 익어가고
텃밭엔 상추 무우 골고루 심어
마음이 고운 사람들과
숯불에 바비큐 익는 소리 정겹습니다

생각이 머무는 곳에는 시화 전시와
쉼의 의자도 만들었습니다
책이 그리운 이가 오실 것 같아
좋아하는 책들도 미리 꽂아 두었습니다

저녁녘 바라보는 황홀한 석양은 그동안의
무게는 가볍게 내려놓게 가슴을 열어줍니다

어둠이 내리면 조명등과
하늘의 별들이 만나
빛을 내며 서로 인사를 하다
이층 서재에 불 밝히고 있는 나에게도
손 흔들고 갑니다

저는 이 밤이 지나가는 것이 그저
아쉽기만 합니다

백수정

유리보다 투명하게
늘 나를 비춰주는 너

티 없이 맑고 순결한 에너지로
자연의 힘을 간직하고 있는 너

물처럼 맑은 너는
누군가의 눈물은 아니었을까

지구상에서 가장 순수한 너를
나는 언제나 바라만 보아도 고귀하여라

침묵하지만 안정과 강력한 힘을 주는
늘 기가 살아 있는 내 친구

나에게 온 게 벌써 16년
절친 백수정

겨울 왕국 대관령

백두대간의 하늘이 열리고
흰 눈 펑펑 쏟아지던 날
하얀 겨울 속으로 걸었네

선자령 발왕산 황병산 산들로
둘러싸인 분지 평탄면에는
빽빽한 전나무 우뚝 서있고
소복이 흰 눈 쌓여 펼쳐진 목장의 풍광은
한 폭의 그림이었네

풍력기가 있는
바람의 언덕에서
청정한 공기 순백의 설경에
감탄사로 탄성을 질렀네

우리들은 그 많은 사람들 중에
인연이 되어
깊어진 그림 속으로
어깨를 기대고 걸어 들어갔네

그러하기에 나는 강인해지기로 했다

21세기
보이지도 않는 코로나 바이러스가
온 세상을 점령했다

그러하기에
평상시 내공을 쌓은 사람만이
비즈니스를 할 수 있다

아름다웠던 만남은 멈추고 역병의 거리두기로 인해
온 세계가 막혔다

그러하기에
문학과 예술로 준비된 사람만이
소통을 할 수 있다

문명의 발달은 편리함과 고통을 양손에 쥐여주고
지구는 흔들린다

깨어나라
지금은 지각변동을 한 자만이 생존할 수 있으리라

가을길

길가에
새 옷을 걸친 코스모스 활짝 피었다
역시 가을은 바람이 스산하다

혀끝에 못다 한 말들을 남긴 채
계절의 이별은 찾아온다

누운 풀처럼 겸손하던 계절은 지나가며
어렴풋이 귓전을 두드리는 새소리만 들린다

한참을 정겨운 풍경 속을 걷다가
눈을 감는다

다시 돌아올 수 없는 길
그 가을길을 나도 이렇게 걷고 있다

유경 카라반 만들기

카라반 제작은 디자인 수정하며
꿈을 꾸는 게 시작이다
완성된 디자인으로 도면을 그리고
FRP 몰드 제작을 한다
정밀한 설계 프레임을 제작한 뒤
땀과 사랑과 가로바도 넣고
엑슬 휠 타이어 장착도 한다
배선 및 스위치들을 연결하고
창은 바깥세상을 들여오는
유일한 공간이기에
사방으로 이중창문으로 넓게 만들어
새어 나오는 빛은 나뭇가지에 달린
어둠을 밝혀준다
내부는 편백으로 커버링 한다
편백나무의 향이 은은하게
곳곳에 내려앉는다
화장실 주방 침실 테이블 독서등 신발장 등을
정성 들여 만들고
알콩달콩 전자제품들 이불 커튼이
제자리를 찾아간다

외부 어둠을 밝히기 위해 LED 등을 달고

심플하게 래핑으로 완성한다

가슴에 키우던

자연 속으로 들어간다

카라반 바퀴에 첫 흙이 묻었다

랜딩기어도 돌려본다

후드득 곤줄박이 날고 새 삼삼오오 구경 나왔다

구름 가까이 자연에 머물며

풀과 나무들 옆 자리를 잡는다

자연의 소리에 귀를 놓으면

나무들 속삭이는 얘기들 도란도란 들린다

한밤의 대화

어둠 속 어딘가에 그대가 있을 것만 같습니다
검은 골짜기 빛나는 별 중에
푸른빛의 유성 하나 달려옵니다

그대 아직도 울고 있나요
아직도 그렇게 울고만 있나요
내가 그대에게로 갈 수 있는 유일한 길
함께 울고 웃던 기쁨의 언어들이여

그 자리는
그림처럼 그대로인데
마저 하지 못한 말 혼자 기울이고
혼자보다 우리로 있고 싶은 칠흑 같은 밤
등을 돌려 쌓아 둔 이야기들로
활짝 웃고 싶습니다

오늘은 허공에 서러움 풀어내고
밝은 내일이 오면
높은 푸른 하늘에 가슴을
맞대어 보아야겠습니다

눈을 감으면 끝없이 바닥으로
내려갈 것 같은 오늘
함께 완성하던 지도에 점 하나
찍습니다

비 오는 날의 여행

장맛비 한차례 쏟아지고
흐리다
차 한 잔 마시며 사무실 밖을 바라보다
훅 떠나고 싶다
운동화 끈 조이고 모자를 썼다
가방 하나 메고 캠핑카에 올라
그냥 어디든 달린다.
창문을 활짝 열고 공기를 들이마신다
건물들도 차들도 멀어져 간다
빗물에 젖은 언덕배기도 지나간다
축축이 젖은 나무들은
허공을 향해 팔을 흔들어댄다
흔들림도 황홀하다
흐린 날의 풍경이 감성을 물결치게 한다
달리고 달리고 쉬고 싶지 않다
비는 또 내리고
나는 빗소리에 맞추어 나지막하게
노래를 부른다
선머슴 같은 비바람이 차창 옆으로 지나가고
고요 속에 나는

생각이 흘러간다
먹구름이 흘러간다

설봉 아리랑

무대의 조명은 켜지고
나는 붉은 치마 흰 저고리를 입고
빨간 장고를 어깨에 메고
휘모리장단에 맞춰 춤을 춘다

이른 봄 왕벚꽃 날리듯
호흡을 길게 들이쉬며 장고와 내가 한 몸인 양
느리게 빠르게 버선발로 사뿐히
춤사위 속으로 휘돌아 감는다

파르르 떨리는 손끝 시선
흩어지는 장고 소리
자유로운 춤사위는
구름 위를 걷는다

신명 나는 장고 연주 소리
관객도 어깨춤을 추고
나는 황홀함에 신이 난다

흥과 멋의 장고춤
나는 덩실덩실 오래도록 추고 싶다

덩덩 쿵더쿵
덩따따 쿵더쿵

세상 속 이곳에는

문학과 예술을 할 수 있는
공간을 만들었습니다
그냥 제가 좋아해서 하게 되었습니다

확 트인 풍광으로 산이 펼쳐져 있고
옆으로도 소나무들이 뻗어 있고
뒷편 산자락은 병풍처럼
둘러싸여 있습니다
산자락마다 운무가 휘돌아 움직일 때에는
제가 그림 속에 있는 게 확실해 보입니다

실내 전시 공간도 만들고
야외 음악회 할 수 있는
무대도 만들었습니다
공연과 숙박까지 편안히 쉬어갈 수 있는
공간을 만들며 날마다 꿈을 꾸었습니다

이제 작은 도서관을 만들려고
책을 모으고 있습니다
어디 가든 실눈을 뜨고
책들을 찾아 이고 옵니다

공간이 넓어서 잔디 풀을 뽑다 보니
이 나이 되도록 최고로
검은 피부빛이 되었습니다
어느 날인가는 혼자 너무 좋아
놀다 보니 새벽이 되었습니다

우연히 들리는 누구에게도
차 한잔 건네려 마음을 씁니다
잊혀가는 사람 향기를 조금이라도
이 공간에서는 함께 하고 싶어서입니다
마음이 아픈 사람들은 치유가 되고
문학인들과 예술인들에게는
명작이 탄생되는 공간이 되기를 꼭 소망합니다

적과의 동행 그 후 이별

오래 같은 길을 걸은 사람이 있었네
어렴풋이 적이 될 수도 있으리란 걸 알았으나
믿고 아니길 진정으로 바랬네
늘 내 편으로 따뜻하고 든든했네
먼 길 지나고 정상이 보이기 시작하자
그는 내 등을 향해 비수를 던졌네

저 정상에서 함께 서고 싶던 이였기에
차마 눈물을 보일 수도 없었네

믿을 수 없는 비극이 올 때까지
믿었던 나를 원망했네

상처가 아물기 전 나는 정상에 깃발은 꽂았네
이 깃발이 꽂히기 전에
칼을 던져줘서 고맙다고 인사했네

다음 정상을 바라보게
새 희망을 품게 해 줘서 괜찮다고 나를 위로했네

이제 그는 나에게서 사라졌네

엷은 그리움

그대 보내고
어렴풋이 귓전을 두드리는 빗소리에
눈을 뜨고 싶지 않다

지나간 풍경 속에 잠시 머물러본다
더욱 또렷해지는 빗소리 따라
그 꿈길을 천천히 거슬러 오른다

세상에 꽃 아닌 사람은 없으니
소나기처럼 울어준 그대 생각에
엷은 홍조를 띤다
그리움이 한 뼘 훌쩍 자라 올라간다

그대 받으시오
환한 달빛 가득 채워드리리이다

안갯속으로 스러진 희미한 불빛
눈을 뜨면 되돌아 나와 옥빛 하늘의 빛으로
끌어당겨주는 게 삶이라오

그대 받으시오
넘실넘실 채워드리리이다

시 "희망가" 중에서

설봉 아리랑

한명화 시집

2021년 10월 22일 초판 1쇄
2021년 10월 26일 발행
지 은 이 : 한명화
펴 낸 이 : 김락호
디자인 편집 : 이은희
기 획 : 시사랑음악사랑
연 락 처 : 1899-1341
홈페이지 주소 : www.poemmusic.net
E-Mail : poemarts@hanmail.net

정가 : 15,000원
ISBN : 979-11-6284-320-8